詩集

母の旅立ち

杉野紳江

詩集　母の旅立ち　＊　目次

Ⅰ

Ⅲ

詩集　母の旅立ち

I

師走の救急車

甥っ子のケンちゃんが伝えにきた
――おばあちゃんが　胸が苦しいって言ってるよ
医者の義妹がとんできた
――脈がおかしい　血圧も低すぎて測れない

師走の慌ただしいなか
救急車が駆けつけてきてくれた
病院に着いたころ
母の脈は落着き　血圧も測れた

血液検査の結果
帰宅してもよいとのこと
良かった！
お正月は　家で過ごせるね

大動脈解離
重度の脳梗塞
大病の度に
乗り越えてきた母

若い頃　結核もして　丈夫ではなかった母
けれど　今年は　米寿を迎える
寿命のある限り　頑張ってほしい

祈るように　母をみつめた
母異変サイレンの鳴る師走かな

訪問医療

月に二回
訪問医療を受けるようになった母
大動脈弁の顕著な石灰化
心不全にならないように気をつける

リビング・ウィル（生前遺書）の調査票も記入
最期を迎える時は　病院ではなくて自宅
人生の最終段階の医療は
胃ろうも　昇圧剤も　鼻チューブも希望しない

覚悟を決めて
色々な方々のお助けを借りて
在宅介護で　頑張る
呆けてはいるが　母は　まだ元気でいてくれる

願わくば
人生の最終段階を
できるだけ
後に延ばしてもらいたい

今年　米寿を迎える母
持ち前の笑顔で
ガンバレ！　ガンバレ！

と　声援をおくる

紫陽花や訪問医療受ける母

あれから十年

十年前の八月七日に他界した父
葬儀の喪主を務めた弟
あまりの大変さからか　母に向かって
――お母さん　十年は死んでは駄目だからね

十年の間に
大動脈解離
大動脈弁狭窄症
重度の脳梗塞

と　母は大病の連続だったが
弟との約束を守った
何とか
十年　生きながらえた

昨日の九月三日は
母の誕生日
家族　みんなで米寿のお祝い
この十年　よく頑張ったね

少し　呆けてもいるが
デイサービスでは　仲間もでき
色々なレクに楽しく参加

今度は　卒寿まで頑張ろう！

萩の葉や米寿を迎え母笑顔

逝ってしまったエッコ叔母

二か月前の七月二十四日
従弟のテッちゃんから電話
母の妹　エッコ叔母が急逝
熱中症だったらしい

母が大病を患って入院するたびに
駆けつけてきてくれたエッコ叔母
—姉を見送ってから
　私も逝くよ

姉思いだった叔母
思い起こせば激動の人生
あの世では穏やかでありたいと
墓標に彫った字は「穏」

無理して買ったお墓だった
なのに
最後の一年は　認知症で
お墓の存在さえ　忘れてしまった

母も認知症
エツコとは仲良し姉妹
ショックを受けるといけないので

エツコの死は　教えていない
エツコ叔母ちゃん
色々とありがとう
母のことは　私が守るよ
どうぞ　安らかに眠ってください

身にしむや叔母の御霊は何処へと

お父さんを呼んで

夜中に　母が胃痛を起こす
——お父さんを呼んで
と　騒ぎ出す
父は十年前に他界したのに

すっかり　忘れてしまって
でも　父が死んだとは言えず
——出かけて　まだ帰ってこないよ
——どこに　行ったのよ

結婚前
母は結核を患い
結核専門の医者だった父が
治療していた

それが縁で恋愛結婚した二人
米寿を迎えた母なのに
体の不調があると
今でも　父を頼るんだな

医者の義妹が薬をくれて
母の胃痛はおさまった
スヤスヤ　寝てしまったが

父の夢でも見ているのだろうか

寒の闇胃痛おさまり母眠る

沢山の介護食

胃痛が治っても
全く　食欲がない母
心配したケアマネさん
持参してくださったのは　介護食の試供品

歯ぐきでつぶせるおかず五種
鮭と野菜のあんかけ風
蟹雑炊　かぼちゃの煮物等々
電子レンジで三十秒チンするだけ

あらあら不思議
母の食欲は復活
ムシャムシャ　パクパク
良く食べる

おまけに
母は肉が駄目で
一切受け付けなかったはず
あろうことか

すき焼き
肉じゃが
牛ごぼうの生姜煮

平気の平左で　平らげる

一つ　壁にぶつかると
何らかの解決策が出て来る
先人の知恵をお借りし　介護でき
感謝　感謝

外を見ると
梅の花が満開
どうやら　母は
今年の冬も越せたらしい

梅の香や食欲戻り母笑顔

歩行器

姑のために義姉が買った歩行器
そんなもの必要ない　馬鹿にするな
と怒った姑
でも結局十年近く　お世話になった

姑の他界後　その歩行器を譲り受け
私の母が　ずっと使い続けてきた
重宝していたが　その小さな歩行器では
もはや　体を支えられなくなってきた母

福祉用具のレンタル会社から
手首から身を預けられる
大きな歩行器が届いた
母は再び　何とかトイレまで歩けるようになった

これまでの小さな歩行器に感謝
そして今度は
大型歩行器が
足腰の弱った母を支えてくれる

介護保険の恩恵を受けて
安く　借りられる機器
皆の助力を得て

母を支えていける日々に　ただ感謝

夏めくや歩行器押して歩く母

昇降機

主人の提案で
実家の階段に取り付けた昇降機
最初は嫌がった母
けれど次第に階段を昇れなくなった

今では昇降機なしでは
昇り降りができない
ヘルパーさんも操作を覚えて
母をデイサービスに送り出してくれる

義妹の母も足腰が弱くなった
今では　この昇降機に座って
一人で操作して
昇り降りしている

私は今は元気
平気で階段を昇り降りしている
でも　いつか　この昇降機の
お世話になるのかもしれない

順番に使えばいい
昇降機を付けた時は
かなり高額で躊躇《ためら》った

でも　付けて正解だった

今日も元気に
母は昇降機を使って
デイサービスへと
送り出してもらった

昇降機使いし母に梅雨来る

歩行器から車椅子へ

大型の歩行器にしたのに
それでも
崩れ落ちるように
なってきた母

医者の義妹が
――お姉さん　危ないですよ
　骨折したら　大変
　室内も　車椅子にした方がいい

福祉器具のレンタル会社が
室内用の車椅子を　届けてくれる
ベッドから　移乗して
トイレまで　連れていく

一つの手段が駄目になったら
次の手段がある
トイレで立っているのも
しんどくなってきた母だが

頑張れ　母よ
寝たきりになるな
私も

頑張るから

母の梅雨歩行器やめて車椅子

母の旅立ち

母の通うデイサービスから突然の電話
――お母様が意識不明で病院に搬送します
今度は　救急隊員からの切羽詰まった電話
――心停止　呼吸停止　Ｔ医大の救急センターに運びます

慌てて　主治医の渡辺先生に電話
先生のしっかりした声
――僕がこれからＴ医大に行く
　向こうで落ち合いましょう

タクシーでT医大に駆けつける
渡辺先生が待っていて
——六時八分に　死亡を確認しました
　最期はとても良いお顔をされていたよ

T医大のスタッフの方々に深々とお辞儀される
——死ぬ当日まで　デイサービスに通っているなんて
　ミツさんらしくていいよ
と渡辺先生の声

スタッフの方々に　最期のエンゼルケアをして頂き
深い感謝の念がこみあげる
全く苦しまず　良い顔をして

旅立っていった母

突然のことで淋しくて　悲しい
でも　無事に見送れたのだと　安堵の気持ちも
お母さん　今までよく頑張ってきたよね
長いこと　ご苦労様でした

紫陽花や微笑みながら母逝けり

弟の学会発表

母が突然の心停止　呼吸停止
運ばれたＴ医大に　タクシーで向かう
生憎　弟夫婦は学会でイタリアだ
タクシーの中で
ＬＩＮＥで　弟夫婦に連絡がとれた
――帰りの飛行機を早めようとしたけど
　取れないんだ

――いいから　学会で　ちゃんと発表してきなさい

予定通り　三日後に帰宅した弟夫婦

義妹が
――カズノリさん　いつも以上に
　頑張って　立派な発表でしたよ

そうか　良かった
母の死にも負けず　立派な発表
母も　本望だろう

弟よ

明日は　お母さんの戒名の相談で
一緒に　お寺さんにいこうね

梅雨の月帰国の弟《おとと》と母偲ぶ

もういないんだ

母のデイサービスの送り出しの準備をしなくては
――アッ　そうだ　母はもういないんだ
看護師さんが母の排便チェックに来る日だ
――アッ　そうだ　母はもういないんだ
母を美容院に連れて行かなくては
――アッ　そうだ　母はもういないんだ

母を毎週　連れて行った喫茶店で
一人　レモンティーを飲む

梅雨寒し亡き母好みしレモンティー

母の手紙

八年前　大動脈解離で入院した母
死を覚悟したのか
病院の粗末なわら半紙に
手紙を書いてよこした

――紳江　色々とありがとう
　あんたには　心からお礼を云いたい
心からお礼に傍線が　そして
――後のこと　宜しくお願いします

今回　母が死んで
八年前の手紙を読み返してみた
弟夫婦が　学会でイタリアという
タイミングでの旅立ち

ああ　私を信頼して逝ったんだね
一人で大変だったけれど
何とか　無事に
旅立たせてあげられた

母の最期の顔も
微笑むような　良いお顔だった
――あなたの願い通り

後は　家族仲良く暮らしていくよ

亡き母の文読み涙や夜の秋

デイサービスの連絡帳

四年前
脳梗塞を患って
リハビリ病院を
退院してきた母

それからずっと
デイサービスに通う日々
毎日　写真入りで　日々の活動が
記されていた連絡帳

帰宅願望が強くて駄々をこねた日
他の利用者さんと談笑を楽しんだ日
坊主めくり命の日
風船バレーに興じた日

旅立っていった当日も
おやつは食べて
声掛けにも反応していたとある
それが最期の記録

この四年間が綴じられた
六冊の連絡帳
今となっては

私の宝物
母の最晩年の四年間
涙ながらに
連絡帳をめくりながら
振り返る

介護ノート夏に母逝き閉じにけり

ケンちゃんの覚悟

甥っ子のケンちゃんは　おばあちゃん子だった
毎晩　添い寝してくれていた
ベッドから落ちて泣いている母を
抱き上げて　元に戻してくれていた

ケンちゃんは　高校三年生の受験生
私は　母に言い聞かせていた
――ケンちゃんが　合格して
　大学生になるまでは　死んじゃいけないよ

母は笑いながら　頷いていた
それなのに六月二十四日　急逝
――僕が　成人になるまで　生きていてほしかったな
涙ぐむケンちゃん

――受験直前の一月に死なれていたら
僕の気持ちは壊滅的だった
きっと
立ち上がれなかったよ

――でも今なら　頑張れる
やるっきゃないと
思えてきたよ

おばあちゃんのためにも

ああ　母は死に時を間違えなかったんだ
そうだね　いい子だね
頑張れ　ケンちゃん
あの世から　おばあちゃんも応援している

甥っ子や合格目指す夏の夜

死の予感

母の死の予感はあった

半年前の一月二十七日に書いた日記
——母が死ぬ夢を見た
　持ち物を整理しなくては
　詩をまとめなくては

それまで　母の夢など見たことはない
それに取り敢えず

母は元気だったから　半信半疑
でも奇妙に当たることのある　私の夢

母はよだれが激しくなり
綺麗な服は着せられない
私は　母の服を片付けはじめた
母の詩も書きしるした

そして　六月二十四日
母の呼吸停止の連絡を受けた時
奇妙に　冷静だった
来たか　と思って　病院へ向かった

母は　困らないように

慌てないように
半年前に
夢で連絡してきてくれたのだ

ありがとう　そして
ご苦労様
お母さん　後は心配しないで
安らかに　眠ってください

母の死は正夢なりし夏の夜

在宅介護

要介護状態になって
様々なサービスを受けた母
最後まで　自宅で頑張れたこと
母と過ごせたことに　心から感謝

私一人では
とっても
要介護4の母を
看ることは　できなかった

医者の義妹が
ケアマネさんと
ケアプランを立ててくれたから
できた在宅介護

訪問診療・訪問看護
訪問介護・通所介護（デイサービス）
そして　福祉用具貸与
を適宜　組み合わせ

十分な介護をしてもらった母
公的医療保険・介護保険
の制度は

母のような人には　有難い
今　私は　終活アドバイザー講座を受講
母との経験が　少しでも
他人《ひと》の役に立てれば良いことを願って
在宅でも　十分　頑張れるよって知らせたい

夏に母逝きて介護の終わりけり

Ⅱ

知の再伝達

友人の大学教員が退官
本の整理を依頼され
主人と一緒に
大学の研究室に向かう

大量の本を紐で縛り
一日では終わらない作業
長年の研究の書物
手放すには　一抹の淋しさがあると嘆く

非情だが　店頭でもネットでも売れず
市場に出しても売れない本は
製紙会社に　お金を渡して
引き取りにきてもらう

こちらも　損をするので
売れない本は　買えない
目利きの主人は
大抵　間違えないが

友人の本は大丈夫のようだ　良かった！
本当に欲しい方のお手許に届けたい
本の再利用　知の再伝達だ

良い仕事になると思うと　嬉しくなった
野いばらや価値ある本を目利きする

エロ本一筋

杉野書店に日参するY様
他の本には　脇目もふらず
買っていくのは　決まって
エロ本

他のお客様は　学術書を買って
こっそりと　エロ本も
手に取る
でも　Y様はエロ本一筋

書店に手伝いに来てくれた
甥っ子のケンちゃん
白昼堂々　ドッサリとエロ本を
買っていくＹ様に仰天

――僕は　ああいう大人にだけは
　なりたくないなあ

――そうだよねえ
七十近くなって　楽しみがエロ本だけ
というのは　ちょっと淋しいよねえ

未来がいっぱいある　高一のケンちゃんには

Y様は　良い反面教師かも
勉強して　教養も積んで
エロ本一筋の人生はやめようね

甥っ子と未来を語る弥生かな

漫画家さんのお引っ越し

漫画が上手だから　漫画家さんと呼んでいる
杉野書店のお得意さん

お母様が他界され
弟二人と相続でもめた漫画家さん
結局　昨年の夏　生まれ育った家を売り払い
弟たちとは　絶縁状態になった漫画家さん

頼れるのは　私の主人だけ

パソコンで　日野市に安い物件を探してあげ
家財道具一式と漫画家さんを乗せて
日野市まで　運んであげた

心臓に欠陥もあり
足腰も弱くなってきた漫画家さん
——やっぱり　住み慣れた中目黒に帰りたい
　少し高くてもいいいから　帰りたい

主人に頼まれ　私はまたパソコンをたたき
中目黒のアパートを検索中
天涯孤独の漫画家さん
保証人を必要としない物件を探さなくては

お得意様のために
出来るだけのサービスをしてあげる主人
もうこれは
古本屋店主と客の関係を超えているわい

大寒の汗をかくかな客のため

リョウちゃん

高校の同窓生
リョウちゃんのお宅に
主人と一緒に
本の買取に行く

リョウちゃんは
女性でも
優秀な技官として
防衛省に勤務していた

新人研修の時には
銃をかつぎ
戦車を動かし
ファントム機にも乗ったとか

料理をする時も　ダイナミック
——こんなこと　やってられないわ
と言いながら
お酒をグイグイ飲みながら作る

リョウちゃんの娘は　小さい頃
おままごとで
——お酒は　お母さんが飲むものよ

とグイグイ飲む真似をしていたらしい

還暦を過ぎて
役職からも下り
外郭団体に再就職したリョウちゃん
お疲れさま

この歳になっても
本が機縁になって　交流できて嬉しい
昔の友に会うのは
いいものだ

花いばら昔の友と語りけり

海洋生命学に魅せられた甥

大学のオープンキャンパスに参加して
海洋生命学の実験に
魅せられた
甥っ子のアキちゃん

スイスのジュネーブに
暮らしたことがある私
レマン湖はあっても　海はない
山ばかりで　海が恋しかった

海洋生命学と聞いて
キラキラと陽に輝く
広大な海が　浮かんだ
そして　色々な生命を育んでいる海

四月から　憧れの海洋生命学科で学ぶ
アキちゃん
きっと　可能性のある
これからの学問

好きなことを研究できるのが一番
アキちゃん　頑張れ！
おばちゃんは　君のことを

いつまでも　見守っているよ
初夏や海洋学を学ぶ甥

ジム君のホームステイ

中国系アメリカ人のジム君
この夏　一週間ほど
私の実家に
ホームステイ

五歳の時
両親に連れられ
中国本土を離れ
アメリカに渡ったジム君

両親は飲食業で働き
ジム君は　ファミリーの中で
唯一　大学に行った人間だとか
しかも　名門のエール大学

将来はロースクールで学び
裁判官になりたいとの秘めた闘志
高校生になる　私の甥っ子たちにも
いい刺激を与えてくれた

ジム君のいた一週間は
家族の会話は　すべて英語
甥っ子たちは　ちょっと難儀したけれど

ちょっとした国際交流ができたかな
そして　やはり努力は大事だと
ジム君に教えられた日々
私も　還暦を過ぎたけど
まだまだ頑張るぞと決意する

秋深し海外の友にペンを執る

ビーズのバッグ

十代の頃に
叔母がくれた
ピンクと白の
ビーズのバッグ

ハワイのパーティーにも持参
帰り道　突然　椰子の木陰から
走り出てきた少年
バッグを奪い取ろうとする

——キャーッ
バッグの鎖がとれて
下に落ちた
一目散に逃げていく少年

壊れた鎖を
キーホルダーを使って　直してくれた父
ちょっと変てこな
キーホルダー付きのバッグ

父の愛情を感じて
暫く　使い続けていたバッグ
でも　還暦を過ぎて

さすがに　そのバッグはもう使わない
父と叔母の思い出が詰まったバッグ
叔母ちゃん　お父さん　ありがとう
そう思いながら　断捨離することに
さようなら　私の青春

夕桜別れを告げしバッグかな

一緒にお風呂は？

春三月　高校の同期会に出席
男子バスケット部のキャプテンだったK君の話
――夏の合宿で　女子のお風呂が
　男子の部屋の真下だったんだ

――それでさ　後輩に足を持ってもらって
　逆さづりになって　皆で命がけで
　女子風呂を覗いたんだぜ
　後輩との絆も深まったんだ

呆れた！
そんなことで
後輩との信頼関係を醸成してたなんて
よく言えるわね

フリースローが百発百中だったA君
――でも　もう　皆　還暦も過ぎたし
　この歳になれば
　一緒に　お風呂に入ってもいいよね

女子バスケだった面々は
――還暦過ぎたって
　お風呂になんか

一緒に入りたくないわ

医者の義妹に話したら
——六十代じゃ　嫌ですよね
せめて
八十代か九十代にならなければね

そうかなあ
八十代　九十代の皆様
かつてのクラスメートの異性と
一緒に　お風呂に入れますか?

春風や高校の日々甦り

松永先生

小学校の同窓会
五十年前のクラス担任
松永英生先生
隣の席に座らせて頂いて　昔の思い出話

当時は二十七歳のカッコイイ　スポーツマン
秘かに　憧れていた
皆で連れ立って
下宿にも　よく遊びに行った

算数の授業なのに
あまりにお天気が良い時は
サッカーの時間に早変わり
スポーツの喜びを教えて頂いた

今年　喜寿を迎えられた先生
今は　地球一周分の距離
四万キロメートルを歩くことが目標
すでに三万六千キロは歩かれたとのこと

相変わらず　カッコイイ先生だ
私も喜寿になっても　元気よく歩いていたい
四万キロは無理でも

長く　長く　歩いていたい
夏空や恩師の笑顔華やぎぬ

ラーメン婚活

結婚したいのに　できない
焦っているSさんから
ある日
メールが届いた

――新聞で読んだの
ラーメン婚活というのがあるんだって
それで　私も
ラーメン婚活をしてみようと思うの

ラーメンの好みが合うカップルは
別れにくいのだとか
豚骨　味噌　塩　醤油
こってり　あっさり　太麺　細麺

そんなラーメンのフルコースを味わい
好きなラーメンについて語りあうらしい
参加費千円で　男女の親睦を深める会が
あちこちで　あるとの話

さて翻って　私たち夫婦はどうだろう?
私は　醤油味が好きだが
主人は味には無頓着　どのラーメンもＯＫ

ラーメン相性は　可もなく不可もなくだなあ
ともかく　Ｓさんが
ラーメン婚活　うまくいって
素敵なパートナーと
巡りあえるといいなあ

ラーメンで恋人探す師走かな

Ⅲ

キリンレモンでは駄目ですか？

飛行機から降り立ったら
まずは
三ツ矢サイダーを飲む
それが　N首相の習慣

ベネチア・サミットの後
ジュネーブを訪れたN首相
お付きの人が　手荷物を調べて真っ青
三ツ矢サイダーが入っていない

日本代表部の職員
日本政府から出向の国際機関の職員も
総出で　ジュネーブ中駈け廻って
三ツ矢サイダー探し

残念ながら
ジュネーブの日本食料品店にあったのは
キリンレモンだけ
首を縦に振らないN首相

こっぴどく怒られたお付きの人
押し出しも良く
海外では評判の良いN首相

でも　少し我儘ではありませんか？
それとも
外国との交渉事がうまくいく秘訣は
三ツ矢サイダーに
あったとでも　いうのでしょうか？

小春日やサイダー好きの人思う

ＷＨＯの友

ジュネーブにある世界保健機関　ＷＨＯ
裏庭に置かれているのは
日本人Ｓ氏の銅像
刻まれている言葉は　「ＷＨＯの友人」

ノーベル平和賞が欲しくて
国際機関に多額の寄付をしたＳ氏
その総額は　何と
ノルウェー一国の出資金を超える程

Ｓ氏は大スポンサーだもの
ＷＨＯにＳ氏の来訪があると
覚えたくもない日本語をいくつか手に書き込んで
必死にお出迎えするＷＨＯのスタッフの面々

裏庭に放置されているＳ氏の銅像も
この時ばかりは　当然
表玄関に御目見え
Ｓ氏のお出迎えに一役買う

Ｓ氏は羽織袴で
日本語でお得意のスピーチ
――世界は一家

人類　みな兄弟！

S氏が帰ると
急いで裏庭に隠される　S氏の銅像
表に並ぶパスツールやキュリー夫人
の像の隣には　やっぱり置けないよね

S氏は他界されたが
あの銅像はどうなっているのか
ノーベル平和賞を取るのは難しい？　でも
世界の人と真の友人になるのはもっと難しい！

師走道ノーベル賞は誰の手に

マサイ族の戦士の踊り

今から三十年前
出張でタンザニアに行ったシズちゃん
マサイ族の酋長にもご挨拶
歓迎のダンスが始まる

一列に並んだ
マサイ族の戦士たち
次々とハイジャンプ
赤い腰布一つで高く高く　跳び上がる

アレ？　どうやら下着をつけてないらしい
シズちゃんは双眼鏡を取り出して
ジッと見る
でも　確認できなかった

帰ってきたシズちゃん
ウットリして
――マサイの男は　カッコいい
　文明国の男にはない魅力がある

私の好みは　文明国の男
でも　私たちは皆　どこかで
野生の魅力を

脱ぎ捨ててきたのか

草いきれマサイの戦士踊りけり

ライオンは百獣の王だから

ジュネーブの国際機関に勤務していた頃
同僚のシズちゃんは　ケニアに出張
ちょうど動物の発情期
写真に撮ってきたのは　ライオンの交尾

ジュネーブに戻り
ライオンの交尾の大きな写真を片手に
日本人の男性職員たちに
お説教を始めたシズちゃん

――ライオンの雄は偉い
雌を　長い時間かけて
念入りに　愛している
それに比べて　貴方たちは愛が足りない

男性職員H氏が反論
――シズちゃん
ライオンは百獣の王だから
雌をゆっくり愛せるのです

弱い鳥をごらんなさい
バタバタで　終わりでしょう?
我々　弱い日本人男性は

女性をゆっくり愛する時間は持てないのです

シズちゃんも　これには
苦笑するばかりだった

獅子《ライオン》の愛を思うバレンタインデー

ミナちゃんの出産

ジュネーブの国際機関に勤務していた頃
同僚のミナちゃんが
住んでいたのは
家賃の安いフランス側

お腹が大きくなってきていて
その日は
午前中　オフィスに出勤してきていた
出産予定日は二か月後

なのに
家に帰ってすぐに陣痛
フランスでの出産は　初めて
お昼休みで　救急車もやってこない

たしか　ご近所に出産経験のある日本人女性がいる！
ミナちゃんは　九歳になる長女に頼む
――あの日本人のおばさんを呼んできて
呼ばれたおばさんは決断した

家庭用裁ち鋏で　お臍の緒を切ろう
――いいですか　いきますよ
頷くミナちゃん

何とか無事に可愛い女の子を出産
あれから四半世紀が過ぎ
便りも途絶えた
ミナちゃんと子どもたちは
元気にしているのだろうか？

秋深しミナちゃんの児ら今何処

割礼

スイスのジュネーブで勉強していたＪ子
エチオピア人のＹ君と出会い　結婚
すぐに男の子　Ｈ君が授かった
エチオピアでは　割礼が当たり前とか

Ｈ君も割礼を受けることになった
ところが　ジュネーブのお医者さん
あろうことか　割礼の手術を失敗
おちんちんから血を流して　泣くＨ君

Ｊ子はそれを見て逆上
Ｙ君に向かって叫ぶ
――この野蛮人！
　あんたとなんて離婚よ！

興奮したＪ子
たまりかねて
東京の父親に電話
でも　父親は諭す

――昔は　仏教の関係で
　日本でも　割礼をしたんだよ
　今　日本の男がだらしないのは

割礼をしないからだ

翌日　他のお医者様が　きちんと処置
H君は　事なきを得て笑顔
J子は　胸をなでおろし
Y君への気持ちも収まった

しかし
割礼をした方が
本当に　男らしくなるのだろうか?
私には　わからない

身にしむや割礼のこと思いおり

国境越え

大学の先輩　キヨコさんが
スイスのジュネーブを旅すると言う
それで　ジュネーブ在住のアキラ氏を紹介
現地で有益な観光情報を　沢山貰ったと嬉しそう

三十年前　私もジュネーブで働いていた
でも　家賃が安かったので
フランス側に住んでいた
毎日　国境を越えてマイカーで通勤

国境越えでも　パスポートなんて必要ない
車の窓をちょっと開けて
――ボンジュール
と　微笑むだけでいい

顔見知りの税関の役人も
ニッコリ笑って　通してくれる
国境というより
これは　県境の感じだなあ

日本も　もっと気楽に
隣国に　国境越えができるといいのだけど
今の東アジア情勢を考えると

当分無理そう　残念だ
先輩は国境越えて花の道

買春旅行

四十年も昔　書いた修士論文
テーマは「フィリピンの工業化」
資料を集めに　格安ツァーに参加
マニラに飛んだ

宿泊先の豪華なRホテル
中国系の添乗員の説明に仰天
――現地の女性と親密になりたい方は
　遠慮なく申し出てください

ツァーに参加している日本人男性
――我々はC県の真面目な公務員
　マニラに来たというと疑われるから
　沖縄にありそうなお土産を探さなくちゃ

国立大学に通うという学生
――昨日の女には泣かれて
　いっぱい　チップをはずんじゃったよ
いったい　大学ではどんな勉強をしているのか

外貨が欲しいフィリピン政府は見て見ぬふり
暫くして　メディアが買春旅行をとりあげ
日本でも国辱だとの批判が相次ぐ

フィリピン政府も　漸く日本に抗議
その後　買春旅行は沈静化したが
国の貧富の差を利用して　買春に走るのは情けない
お金ができて酒池肉林に耽るのは　人の性なのか
もうちょっと賢明な使い方が　できないものか

暑き日やフィリピンの旅顧みる

ラスベガスのベッド

四半世紀も昔
海外不動産の買い付けに
通訳として同行した私
降り立ったのは　ラスベガス

ここは　ギャンブルのメッカ
空港にさえも並ぶ　スロットマシーン
真夜中もネオンが　煌々と照らす
不夜城の街

同行したチームに女性は私一人
割り当てられた一流ホテルの豪華な一室
バラが散りばめられた
ローズ色の大理石の浴室

部屋の中央には
白いベールに囲まれた
大きく高いベッド
お姫様になった気分

でも　試しに横たわってみると
アレアレ　天井に大きな鏡
一体　どんな人が

何のために　このベッドを使うの？
翌日　弁護士の先生も
――イヤー　昨夜は　凄いベッドに寝ましたよ
ラブホテルではなく　一流のホテルなのに
ラスベガスは　不思議な街だ

ラスベガスベッド回顧しお正月

リンダ

四十年前
映画「将軍」を見て
日本に憧れてやってきた
アメリカ人のリンダ

浅草　日光　富士山
毎日のように　一緒に廻る
アメリカ人はタフだなあ
私の方がバテ気味

二十年前
リンダの招待を受けて
今度は私が
アメリカを訪問

ニューヨーク　ワシントンD.C.
バルチモア　ゲティスバーグ
精力的に案内してくれるリンダ
アメリカの良さを教えてもらう

それより何より
リンダや周囲のアメリカ人の
親切や善意に感動

魅力的なアメリカ人を知るのは素敵なことだ
昔　この国と戦争をしていたのだなあ
でも　私はもはや　鬼畜米英なんて信じないだろう
海外の友人を持つのは良い事
戦いに嫌気がさし　平和の礎のもととなる

春浅しリンダ思いて文を書く

あとがき

母が今年の六月二十四日に他界しました。デイサービスに行ってうつ伏せになっていたところ、見たら呼吸をしていなかったそうです。全く苦しまないで逝ったとのこと。悲しくて淋しい反面、無事に見送れたという安堵感もあります。医学博士の帯津良一先生のご著書『達者でポックリ。』を読んだところ、人間にはちょうどよい「死に時」があるとのこと。「死に損なうとろくなことにならない」とも。ある私立病院では、十人部屋で全員がおばあさん、全員が白髪で顔もそっくり、半数は人工呼吸器がついて全員が手足を縛られている。ヘルパーさんはぞんざいな口調でなげやりに病人の世話をしている。帯津先生は、もはやこれは医療ではないなと感じられたそうです。これを読んで、母は死に時を誤らなかったのだと思いました。

最愛の母の追悼詩集だけは、ずっと出そうと思っていました。ここに纏めることができて、ホッとしております。パートIは、母の介護を一緒に支えてくれた家族、親戚、医療・介護関係者の皆様にお礼を込めて綴りました。ありがとうございました。母を偲ぶ詩となっております。

パートⅡは、主人と営む古本屋の風景が中心となっています。
パートⅢは、六年余り体験した海外生活のことが中心に纏められています。

比留間一成先生亡き後、詩友たちと「ひるま会」という同人の形で、詩の勉強を続けることができ、有難く思っています。また比留間先生のお通夜の席でささきひろし様に声をかけられ、同人「坂道」のお仲間に入れて頂きました。さらに比留間先生のご縁で山本十四尾様の主宰する「衣」にも参加させて頂き、感謝しております。また朝日カルチャーの野村喜和夫先生の通信講座「現代詩を書く」に学ばせて頂いて、その都度、講評に頷いております。こういう形で詩作は何とか続けていけそうです。

最後になりましたが、詩集出版にあたり大変お世話になった土曜美術社出版販売の高木祐子様、思い入れのこもった校正をして頂きました担当の方には感謝しております。また、いつもながら見事な装幀をしてくださった高島鯉水子様にもお礼を申し上げます。

二〇一九年十月

杉野紳江

著者略歴

杉野紳江（すぎの・のぶえ）

1955年6月30日　東京都に生まれる

2009年　詩集『虚空にもどる父』（土曜美術社出版販売）
2013年　詩集『陽気ぐらしのタンポポ』（土曜美術社出版販売）
2015年　詩集『古本屋の女房』（土曜美術社出版販売）
2018年　詩集『母の左手』（土曜美術社出版販売）
「衣」「坂道」「ひるま会」同人、日本詩人クラブ会員

ブログ「のんちゃんの杉野書店日記」
http://ameblo.jp/nobuesugino35

現住所　〒153-0051　東京都目黒区上目黒 2-24-14

詩集　母《はは》の旅立《たびだ》ち

発　行　二〇一九年十一月三十日
著　者　杉野紳江
装　幀　高島鯉水子
発行者　高木祐子
発行所　土曜美術社出版販売
〒162-0813　東京都新宿区東五軒町三―一〇
電　話　〇三―五二二九―〇七三〇
ＦＡＸ　〇三―五二二九―〇七三二
振　替　〇〇一六〇―九―七五六九〇九
印刷・製本　モリモト印刷
ISBN978-4-8120-2539-0　C0092